Venus y Serena Williams

Jonatha A. Brown

Consultora de lectura: Susan Nations, M.Ed., autora/tutora de alfabetización/consultora

WEEKLY READER

WR

EARLY LEARNING LIBRARY

Please visit our web site at: www.earlyliteracy.cc
For a free color catalog describing Weekly Reader® Early Learning Library's list
of high-quality books, call 1-877-445-5824 (USA) or 1-800-387-3178 (Canada).
Weekly Reader® Early Learning Library's fax: (414) 336-0164.

Library of Congress Cataloging-in-Publication Data available upon request from publisher.
Fax (414) 336-0157 for the attention of the Publishing Records Department.

ISBN 0-8368-4586-2 (lib. bdg.)
ISBN 0-8368-4593-5 (softcover)

This edition first published in 2005 by
Weekly Reader® Early Learning Library
330 West Olive Street, Suite 100
Milwaukee, WI 53212 USA

Copyright © 2005 by Weekly Reader® Early Learning Library

Based on *Venus and Serena Williams* (Trailblazers of the Modern World series) by James Buckley Jr.
Editor: JoAnn Early Macken
Designer: Scott M. Krall
Picture researcher: Diane Laska-Swanke
Translators: Tatiana Acosta and Guillermo Gutiérrez

Photo credits: Cover, title, pp. 6, 10, 12, 14, 16, 17, 19, 20, 21 © AP/Wide World Photos;
pp. 5, 8 © Al Messerschmidt/WireImage.com; p. 7 © Ken Levine/Getty Images

Printed in the United States of America

1 2 3 4 5 6 7 8 9 09 08 07 06 05

Contenido

Capítulo 1: Niñas 4

Capítulo 2: Jugadoras profesionales . .8

Capítulo 3: Victorias 14

Capítulo 4: En lo más alto 18

Glosario 22

Más información .23

Índice 24

Las palabras del Glosario van en **negrita**
la primera vez que aparecen en el texto.

Capítulo 1: Niñas

Venus Williams nació el 17 de junio de 1980. Su hermana Serena, que es menor, nació el 26 de septiembre de 1981. Tienen tres hermanas mayores. Venus y Serena llegaron a ser ricas y famosas, pero una vez fueron muy pobres. Crecieron cerca de Los Ángeles, California, en un barrio peligroso donde los niños no estaban seguros.

Esperanzas de cambio

El padre de Venus y Serena deseaba una vida mejor para sus hijas. Quería que vivieran en una buena casa y que jugaran en lugares seguros. Pero como no ganaba mucho dinero, el señor Williams no podía pagar una casa mejor.

Al padre de Venus y Serena le gustaba mirar los juegos de tenis profesional en la televisión. Cuando vio que algunos jugadores ganaban muchísimo dinero, tuvo una idea: les enseñaría a sus hijas a jugar tenis. Pensó que era posible que las chicas fueran buenas tenistas y, si ése era el caso, podrían

El señor Williams ha entrenado y animado a sus hijas durante muchos años.

jugar como profesionales. La familia podría entonces llegar a ser rica, y mudarse a una zona mejor.

El señor Williams comenzó a enseñar a jugar a las niñas. Inicialmente, parecía que su idea no iba a funcionar porque a las tres hermanas mayores no les gustaba el tenis. Pero a Venus y a Serena les encantaba. Antes de cumplir cinco años, Venus y Serena eran capaces de golpear la pelota de un lado al otro del campo. ¡No estaba mal, para dos niñas tan pequeñas!

El señor Williams se convirtió en el entrenador de Venus y Serena. Pasaba muchas horas enseñándoles a jugar, y las niñas siempre querían más. Cuando comenzaron a ir a la escuela, Venus y Serena ya no podían jugar con tanta frecuencia. Sus padres daban prioridad a la escuela, así que las dos estudiaron mucho y sacaron buenas notas.

En 1957, Althea Gibson se convirtió en la primera persona de raza negra que ganó el *U.S. Open.*

Cuando podían, Venus y Serena aún jugaban tenis. Se estaban volviendo muy buenas jugadoras.

Las chicas empezaron a participar en torneos. En la mayoría de estos eventos, Venus y Serena eran las únicas jugadoras negras; todas las demás participantes eran blancas. Algunas de las jugadoras no querían jugar con tenistas de raza negra. Pero Venus y Serena no dejaron de jugar y, por lo general, ganaban.

Rick Macci entrenó a Venus (en la fotografía) y a Serena por más de tres años.

En 1991, la familia Williams se mudó a Florida. Allí, Venus y Serena comenzaron a trabajar con Rick Macci, un famoso entrenador de tenis.

Capítulo 2: Jugadoras profesionales

Venus y Serena iban a la escuela medio día, y el otro medio jugaban al tenis con su nuevo entrenador. Las dos chicas se esforzaban mucho

A los catorce años, Venus estaba muy emocionada de empezar a jugar a nivel profesional.

y cada vez jugaban mejor.

Venus y Serena se entrenaron con Macci durante tres años. Luego, practicaron con otro entrenador por poco tiempo. Entonces su padre dijo que estaban listas para jugar a nivel **profesional**. Como en aquel momento Venus y Serena tenían unos catorce años, la mayoría de la gente pensó que era demasiado pronto. Se dijo que su padre las estaba presionando. Pero el señor Williams estaba seguro de que era lo mejor.

Los primeros años como profesionales

Venus jugó su primer **encuentro** profesional en 1994. Su hermana comenzó a jugar a nivel profesional un año después. Al principio, Venus y Serena no jugaban muchos encuentros. Empezaron su carrera poco a poco, y la escuela seguía siendo su prioridad. Si bien Venus y Serena no ganaron en sus primeros años como jugadoras profesionales, tenían talento y siguieron mejorando. A los aficionados les gustaba

verlas jugar. Las hermanas Williams empezaban a
ser jugadoras muy conocidas.

En 1995, la compañía Reebok contrató a Venus

Serena tenía
diecisiete años
cuando ganó
su primera com-
petición del *Grand
Slam* —el *U.S. Open*.

para que llevara
ropa de su marca
en la cancha. Con
esto, Venus ganó
mucho dinero. Este
contrato era exac-
tamente lo que el
señor Williams
había soñado: el
dinero ya no era
un problema.

También para
Venus el contrato
era un sueño hecho

realidad —¡y apenas tenía quince años! La familia se mudó a una mansión, donde las hermanas tenían su propia cancha de tenis. En 1997, Venus y Serena participaron en más torneos. Las hermanas jugaban partidos individuales —un jugador contra otro— y también dobles. En los partidos de dobles hay dos jugadores en cada equipo. Venus y Serena eran buenas en ambas modalidades, pero no conseguían ganar.

Vino entonces el *U.S. Open*, una competición del llamado *Grand Slam* de tenis. El *Grand Slam* consta de cuatro competiciones: el *U.S. Open*, el Abierto de Francia, el Abierto de Australia y Wimbledon. Estos cuatro son los torneos de tenis más prestigiosos del mundo.

Hacia la cumbre

Este gran día tuvo también un lado malo: algunas jugadoras se quejaron de que Venus había sido grosera

A medida que fueron mejorando y haciéndose mayores, Venus y Serena comenzaron a ganar torneos de dobles.

con ellas. El señor Williams dijo que eso no era cierto, y que había oído cómo otras jugadoras se dirigían a Venus de un modo grosero. Dijo que estas jugadoras habían **insultado** a su hija por el hecho de ser negra.

Estas palabras de enojo reflejaban un problema —a algunas de las jugadoras no les gustaban las hermanas Williams. En parte, no les gustaban porque Venus y Serena eran diferentes: tenían la piel oscura, llevaban trenzas con cuentas en el cabello, se ponían trajes llamativos y además pasaban más tiempo juntas que con las demás chicas. Algunas jugadoras creían que Venus y Serena debían vestirse y actuar de otro modo, y que las dos hermanas negras debían tratar de ser como las chicas blancas.

Con estilo propio

Venus y Serena no estaban de acuerdo con esas jugadoras. No querían cambiar, ni veían por qué debían hacerlo. Las hermanas no hicieron caso de lo que se decía de ellas y no sólo no cambiaron, sino que siguieron vistiéndose y comportándose como les gustaba hacerlo.

Capítulo 3: Victorias

Venus comenzó a ganar en 1998. Ese año, ganó tres competiciones. Serena no ganó, pero jugó algunos buenos partidos.

El Campeonato Lipton de 1999 fue muy emocionante. Venus y Serena ganaron las primeras rondas y tuvieron que enfrentarse en el partido final. Jugaban

Para los aficionados, el Campeonato Lipton de 1999 fue muy emocionante. Venus y Serena se enfrentaron en el partido final.

hermana contra hermana. ¡Los aficionados estaban encantados! En aquella época, Venus era mejor jugadora, y pocos se sorprendieron de que ganara.

Ese año, Venus fue al *U.S. Open* con grandes esperanzas, pero no jugó a su mejor nivel, y en el torneo no le fue bien. Fue el turno de su hermana Serena, que jugó muy bien y llegó a la final. Serena se enfrentó a Martina Hingis, la jugadora que había vencido a su hermana dos años antes. Serena resultó vencedora en un partido muy reñido. ¡Era su primer gran triunfo en un torneo individual de tenis!

Tiempo para recuperarse

El año siguiente no fue fácil y las dos hermanas se lesionaron. Venus se lesionó la muñeca, y Serena la pierna. Ambas tuvieron que dejar de jugar por un tiempo para recuperarse.

Para cuando se jugó Wimbledon, Venus y Serena estaban de nuevo en forma. Las dos hermanas ganaron sus primeros partidos y, llegado el momento, tuvieron que enfrentarse. Venus, que aún era mejor jugadora, venció a su hermana y pasó a la final, en la que consiguió el triunfo. Venus se convirtió en la primera mujer negra que ganó en Wimbledon en muchos años.

Arthur Ashe fue un destacado jugador de tenis de raza negra que ganó tres competiciones del *Grand Slam*.

Serena también participó en las Olimpiadas, y junto a su hermana ganó la medalla de oro en la modalidad de dobles. Las dos hermanas eran excelentes tenistas, pero cuando se enfrentaban, Venus solía ganar. Venus era capaz de golpear la bola con tanta fuerza que Serena no podía devolvérsela. Además de Venus, había otra jugadora capaz de vencer a Serena: Jennifer Capriati. De hecho, Jennifer derrotó a Serena tres veces en 2001. Lo cierto es que Serena tenía apenas veinte años y no había llegado a su máximo nivel como jugadora. Serena siguió practicando y se fue convirtiendo en una tenista cada vez más fuerte y más lista.

Venus se lanza a por la pelota y la golpea con fuerza sobre la red.

Capítulo 4: En lo más alto

En 2002, el esfuerzo de Serena dio sus frutos. ¡Serena empezó a derrotar a Venus y a Jennifer! Primero las eliminó en Florida y después en el Abierto de Francia. Ese año, Serena ganó tres títulos del *Grand Slam* consecutivos. Serena parecía imparable.

Hermanas, rivales, amigas

Aunque Venus y Serena son **rivales** en la cancha, no dejan de ser grandes amigas. Estas hermanas viven en la misma casa y comparten habitación cuando viajan. Se animan mutuamente en sus partidos y celebran juntas sus victorias. Venus y Serena no dejan que la red de la cancha de tenis se interponga entre ellas.

Venus también tuvo un gran año. En febrero, la Asociación Mundial de Tenis (WTA, según sus siglas en inglés) la calificó como la jugadora número uno del mundo. Fue un momento importante. ¡Venus era la primera jugadora de raza negra en la historia en conseguir el primer lugar! Serena no estaba muy lejos. De

Venus, que venció a Serena en el *U.S. Open* de 2001, ganó esta competición dos años seguidos.

hecho, era la número dos. ¡Por primera vez en la historia de los principales deportes, dos hermanas estaban en lo más alto!

La posición de las hermanas cambió en 2003, cuan-

Venus y Serena se sintieron muy felices cuando ganaron la medalla de oro en la modalidad de dobles en las Olimpiadas de 2000.

do Serena ganó dos títulos del *Grand Slam* y pasó al primer lugar. Venus fue la número dos.

Ese año, Venus tuvo una lesión muscular y no pudo jugar hasta que se recuperó. Después, a comienzos de 2004, se lesionó la pierna derecha y tuvo que pasar aún más tiempo sin jugar. Venus no era la única con lesiones.

Serena también se lesionó en 2003 y tuvo que dejar de jugar por un tiempo, pero pudo comenzar a jugar de nuevo el año siguiente.

Nadie sabe por cuánto tiempo jugarán estas dos hermanas. Pero, pase lo que pase, podemos dar por seguras algunas cosas. Primero: Venus y Serena tendrán mucho dinero, tal y como quería su padre. Además, serán recordadas durante mucho tiempo por sus victorias.

Venus y Serena no siempre llevan ropa deportiva. Aquí las vemos luciendo unos hermosos vestidos en una importante cena.

Glosario

encuentro — partido o competencia

famoso — muy conocido

insultar — decir cosas groseras

profesional — que practica un deporte por dinero

rivales — personas que se enfrentan en un juego

torneos — competencias

Más información

Libros

Venus Williams: Tennis Champion/Campeona Del Tenis.
Superstars of Sports/Superestrellas Del Deporte (series).
Heather Feldman (Rosen)

Otros libros en español de Weekly Reader Early Learning Library

El tiempo de aquí por Anita Ganeri:

- *La lluvia*
- *La nieve*
- *El sol*
- *El viento*

¡Vámonos! por Susan Ashley:

- *En autobús*
- *En carro*
- *Por avión*
- *Por tren*

Índice

Abierto de Australia 11

Abierto de Francia 11, 18

Asociación Mundial de
  Tenis (WTA) 19

Campeonato Lipton 14

Capriati, Jennifer 17, 18

compañía Reebok 9

escuela 6

Florida 7, 8

Grand Slam 10, 11, 18, 20

Hingis, Martina 11, 15

Los Ángeles, California 4

Macci, Rick 7, 8, 9

Olimpiadas 16, 20

*Sports Illustrated for
  Women* 16

U.S. Open 10, 11, 12, 15, 16

Wimbledon 11, 15, 16

Información sobre la autora

Jonatha A. Brown ha escrito varios libros para niños. Vive en Phoenix, Arizona, con su esposo y dos perros. Si alguna vez te pasas por allí y ella no está trabajando en algún libro, lo más probable es que haya salido a cabalgar o a ver a uno de sus caballos. Es posible que esté fuera un buen rato, así que lo mejor es que regreses más tarde.